L'Anniversaire de Mickey

Publié par Presses Aventure, une division de
Les Publications Modus Vivendi inc.
55, rue Jean-Talon Ouest, 2ᵉ étage
Montréal (Québec) H2R 2W8
CANADA
www.groupemodus.com

Éditeur : Marc Alain
Traductrice : Emie Vallée

Publié pour la première fois en 2013 par Disney Press
sous le titre original *Mickey & Friends – Mickey's Birthday*

Dépôt légal — Bibliothèque et Archives nationales du Québec, 2014
Dépôt légal — Bibliothèque et Archives Canada, 2014

ISBN 978-2-89660-778-5

Nous reconnaissons l'aide financière du gouvernement du Canada par l'entremise
du Fonds du livre du Canada pour nos activités d'édition.

Gouvernement du Québec — Programme de crédit d'impôt pour l'édition de livres —
Gestion SODEC

Imprimé en Chine

L'Anniversaire de Mickey

Écrit par Elle D. Risco
Illustré par les artistes de Disney Storybook
et Loter, Inc.

Mickey se réveille et
saute hors du lit.
«Bonjour, Pluto!» dit-il,
comme tous les matins.

Mickey prend son petit-déjeuner,
comme tous les matins.

Il s'étire bien, comme
tous les matins.

Pourtant, ce n'est pas un
matin comme les autres.
C'est l'anniversaire de Mickey !
« Qu'allons-nous faire ? »
demande-t-il à Pluto.

Par la fenêtre, Mickey voit
ses amis. Ils marchent sur le
sentier qui passe près de sa
maison. «Mais que font-ils?»
se demande Mickey.

Mickey les observe. Donald
porte des tasses et des assiettes.
Daisy, de la limonade. Dingo,
un bouquet de ballons.
Et Minnie, un énorme gâteau !

«Pluto! dit Mickey. On dirait
qu'ils se rendent à une fête.
Crois-tu que c'est une fête
d'anniversaire… pour moi?»

« Vite, habillons-nous, on ne sait
jamais ! » dit Mickey. Il secoue ses
gants et frotte ses boutons.

Il brosse même Pluto. Enfin,
les voilà prêts.

Peu de temps après,
la sonnette retentit.
Ding, dong! Mickey va ouvrir.
C'est Donald. Il a l'air bouleversé.
«Qu'y a-t-il, Donald?»
demande Mickey.

«Mon hamac préféré est brisé,
dit Donald. Je ne peux plus faire
la sieste ! Peux-tu m'aider
à le réparer ? »

«Bien sûr, Donald ! » dit Mickey.

Mickey sort donc avec Donald.
En marchant, il a une idée :
et si Donald était en train de le
conduire à sa fête d'anniversaire ?

En route, il rencontre Minnie et
Daisy. « Mickey ! dit Minnie.
Nous voulons te montrer quelque
chose ! » Mickey les suit. Oh, se dit
Mickey. Est-ce qu'elles me mènent
à ma fête d'anniversaire ?

Minnie et Daisy conduisent Mickey
à leur jardin de fleurs. «Voilà!»
dit Daisy. «Regarde comme elles
sont belles!» dit Minnie.

Mickey baisse les yeux.
Deux escargots font la course
sur le roc. «Houla! Regarde-les!»
s'exclame Dingo. Mickey n'a jamais
vu de course d'escargots auparavant.
Amusant, mais pas autant qu'une
fête d'anniversaire.

Mickey suit la course un moment, puis il rentre à la maison avec Pluto. « Eh bien, Pluto, j'avais tort. Je crois qu'il n'y aura pas de fête après tout », dit-il.

Mickey remonte l'allée devant
chez lui. Il ouvre la porte et
entre. Il cherche l'interrupteur…

«SURPRISE!»
Ses amis l'entourent joyeusement.
C'est une fête-surprise pour son
anniversaire! Cette fois, Mickey
ne s'y attendait pas.

Mickey est très surpris.
«Je ne comprends pas! dit-il.
Vous avez organisé une fête
chez moi, en secret?»

«Oui! dit Dingo.
Nous sommes de vilains
cachottiers!» Minnie pouffe
de rire. «Nous t'avons gardé
occupé à tour de rôle!»

Mickey repense à sa journée.
Le hamac brisé de Donald.
Les fleurs de Minnie et de Daisy.
La course d'escargots de Dingo.
Il comprend maintenant !

Mickey a un énorme sourire.

«Merci, tout le monde !

C'est la plus belle fête qui soit.»

Ses amis applaudissent et rient.

«Joyeux anniversaire, Mickey !»